노
천
명 시
집

사슴의 노래

사슴의 노래

노천명(1912년~1957)

1912년 황해도 장단에서 태어남. 홍역으로 사경을 넘었다 하여 천명(天命)으로 개명. 진명
여고와 이화여대 영문과를 졸업한 후 조선중앙일보 학예부 기자로 입사. 그 후 조선일보, 매
일신보, 서울신문사 등을 전전하며, 처녀시집 『장호림』, 제2시집 『창변』, 제3시집 『별을
쳐다보며』을 펴냈다. 중앙방송국에 근무하면서 모윤숙과 친교를 맺다. 늘 병약한 일상 속에
서 1957년 46세의 나이로 누하동 자택에서 운명.

차례

하늘과 별에 이르는 마음은 푸른 빛을 깨치며 깊은 심산에 진달래꽃으로 피었다가 슬픈 강물이 되어 광야에 메아리쳤다. 때로는 잠들지 못하는 영혼으로 아시아의 밤을 밝히면서 새벽빛 속을 달려 올 초인을 고대하기도 하였다.

한편으로는 빼앗긴 들에서 봄보다 더 잔혹한 포연과 화약 냄새가 진동하는 '검은 준열의 시대'를 살아야 했던 그들은 날카로운 눈빛으로 현실을 직시하며 작품을 통해 불안과 절망과 대결하는 시정신을 표출해 냈다.

'시를 쓴다는 것은 내가 사회를 살아가는 데 있어서 가장 의지할 수 있는 마지막 용기였다. 나는 지도자도 아니며 정치가도 아닌 것을 잘 알면서 사회와 싸웠다.'

이제 우리는 그들의 아름다운 삶을 위하여 작은 사랑을 약속하며 이 시집의 영롱한 화원을 달빛처럼 산책하면서 마음의 숲을 가꾸어야 한다.

사 슴

모가지가 길어서 슬픈 짐승이여
언제나 점잖은 편 말이 없구나
관이 향기로운 너는
무척 높은 족속이었나 보다.

물 속의 제 그림자를 들여다보고
잃었던 전설을 생각해 내고는
어찌할 수 없는 향수에
슬픈 모가지를 하고 먼 데 산을 바라본다.

자화상

댓자 한 치 오픈 키에 두 치가 모자라는
불만이 있다. 부얼부얼한 맛은 전혀
잊어버린 얼굴이다.
몹시 차 보여서 좀체로 가까이 하기를
어려워 한다. 그린 듯 숱한 눈썹도
큼직한 눈에는 어울리는 듯도 싶다만은
전 시대 같으면 환영을 받았을 삼단
같은 머리는 클럼지한 손에 예술품
답지 않게 얹혀져 가냘픈 몸에
무게를 준다. 조그마한 거리낌에도
밤잠을 못 자고 괴로워하는 성미는
살이 머물지 못하게 학대를 했다.
꼭 다문 입은 괴로움을 내뿜기보다
흔히는 혼자 삼켜버리는 서글픈
버릇이 있다. 세 온스의 살만
더 있어서 무척 생색나게 내 얼굴에

쓸데가 있는 것을 잘 알지만 무디지
못한 성격과는 타협하기가 어렵다.
처신을 하는 데는 산도야지처럼
대담하지 못하고 조그만 유언
비어俚語에도 비겁하게 삼간다.
대처럼 꺾어는질 망정 구리 모양
휘어지기가 어려운 성격은 가끔
자신을 괴롭힌다

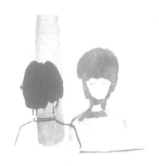

흰 오후

1호실에 그들이 나를 맡기고 간 지 며칠만에
두 소녀가 있는 내 집 안방이 이렇게도 그리울 수야.

바람도 나를 삼킬 기세로
잉잉대고 관 속 같은 흰 방안에
총에 맞은 메추리 모양
나가 업드렸다.

태양이 싸늘하니 부서지는 병상 위
무섭게 자리잡은 나의 공포여
엄숙한 눈동자로 창밖을 내다본다

아무도 동행해 줄 없는 이 길에서야
나 온종일 성모 마리아를 찾는구나
항시 함께 계셔 주는 이 있거늘
나 모르고 살아온 고독의 날들

아무도 나와 같이 해 주지 않을 때
말없이 옆에서 부축해 주는 이
인자하신 어머니, 성모 마리아여.

길

솔밭 사이로 솔밭 사이로 들어가자면
불빛이 흘러나오는 고가古家가 보였다.

거기
벌레 우는 가을이 있었다
벌판에 눈 덮인 달밤도 있었다.

흰 나리꽃이 향을 토하는 저녁
손길이 흰 사람들은
꽃술을 따문 병풍의 사슴을 얘기했다.

솔밭 사이로 솔밭 사이로 걸어가면서
지금도 전설처럼
고가엔 불빛만 보이련만.

몸은 소스라침은
숱한 이야기들이 머리를 들어서

농가의 새해

흙을 사랑하는 사람들
일생 흙에 살다.

논이랑 밭이랑 내다보이는 푸른 들녘은
어느 보화보다 좋고

흙은 그대로 아름다운 것
향기 누우러니 흰옷에 배이다.

초가집 도란도란 이웃해 앉아
이 아침 저들은
농가의 새해를 마른다.

생 가

뒤울안 보리수 열매가 붉어오면
앞산에서 뻐꾸기 울었다
해마다 다른 까치가 와 집을 짓는다는
앞마당 아라사 버들은 키가 커 늘 쳐다봤다.

아랫말과 웃동리가 넓어뵈는 촌에선
단오의 명절이 한껏 즐겁고
모닥불에 강냉이를 튀겨먹든 아이들
곧잘 하늘의 별 세기를 내기했다.

강가에서 갯비린내가 유난히
풍겨오는 저녁엔 비가 온다는
늙은이의 가상예보는 틀린 적이 없었다.

도적이 들고난 새벽처럼 호젓한 밤
개짖는 소리가 덜 좋아
이불 속으로 들어가 묻히는 밤이 있었다.

눈보라

눈보라 속에 네거리 사람들은
오직 고우, 스톱을 몰라 당황해 한다.

동산 하나 못 선 로터리에도
눈이 오니 괜찮다.

이런 날도 뜨거운 창 안에서
사무를 생각해야 하는 사람들이 있겠다.

눈이 펑펑 쏟아지면
내 속에선 사과꽃이 핀다.

이대로 걸음이 내 집을 향해선 안 된다
어디로 가야만 하겠다
누구와 더불어 얘기를 해야만 될 것 같다.

고 향

언제든 가리
마지막엔 돌아가리
목화꽃이 고운 내 고향으로
조밥이 맛있는 내 본향으로
아이들 하눌타리 따는 길머리엔
계림사 가는 달구지가 조을며 지나가고
대낮에 여우가 우는 산골

등잔 밑에서
딸에게 편지 쓰는 어머니도 있었다.

동굴레산에 올라 무릇을 캐고
접중화 싱아 뻐국채 장구채 범부채
마주재 기룩이 도라지 체니 곰방대
곰취 참두릅 개두릅 홋잎나물을
뜯는 소녀들은
말끝마다 꽈 소리를 찾고
개암쌀을 까며 소녀들은

금방망이 은방망이 놓고간
도깨비 얘기를 즐겼다.
목사가 없는 교회당
회당지기 전도사가 강도상을 치며
설교하는 산골이 문득 그리워
아프리카서 온 반마처럼
향수에 잠기는 날이 있다

언제든 가리
나중엔 고향에서 살다 죽으리
메밀꽃이 하얗게 피는 곳
나뭇짐에 함박꽃을 꺾어오던 총각들
서울 구경이 원이더니
차를 타보지 못한 채 마을을 지키겠네.

꿈이면 보는 낯익은 동리
우거진 덤불에서
찔레순을 꺾다 나면 꿈이었다.

희 망

꽃술이 바람에 고갯짓하고
숲들 사뭇 우짖습니다.

그대가 오신다는 기별만 같아
치맛자락 풀덤불에 긁히며
그대를 맞으러 나왔습니다.

내 낭자에 호접잠 하나 못 꽂고
실안개 도는 갑사치마도 못 걸친 채
그대 황홀히 나를 맞아주겠거니
오신다는 길가에 나왔습니다.

저 산말낭에 그대가 금시 나타날 것만 같습니다
녹음 사이 당신의 말굽소리가 들리는 것 같습니다
내 가슴이 왜 갑자기 설렙니까.

꽃다발을 샘물에 축이며 축이며
산마루를 쳐다보고 또 쳐다봅니다.

아름다운 얘기를 하자

아름다운 얘기를 좀 하자
별이 자꾸 우리를 보지 않느냐.

닷돈짜리 왜떡을 사 먹을 때도
살구꽃이 환한 마을에서 우리는 정답게 지냈다.

성황당 고개를 넘으면서도
우리 서로 의지하면 든든했다
하필 옛날이 그리울 것이냐만

네 안에도 내 속에도 시방은
귀신이 뿔을 돋쳤기에

병든 너는 내 그림자
미운 네 꼴은 또 하나의 나

어쩌자는 얘기냐, 너는 어쩌자는 얘기냐
별이 자꾸 우리를 보지 않느냐
아름다운 얘기를 좀 하자.

국경의 밤

엊그제도 이 호지胡地에선 비적이 났단다.
먼 데 개들이 불안스레 짖는 밤
허름한 방안엔 사모바아르의 끓는 소리가
화로가에 높고

잠은 멀고
재도 장난할 수 없는 마음
온밤 사모바아르의 물연기를 응시하며
독수리 같은 어떤 인생을 풀어보다.

돌아오는 길

차마 못 봐 돌아서 오며 듣는 기차 소리는
한나절 산골의 당나귀 울음보다 더 처량했다.

포도 위에 소리없이 밤안개가 어린다
마음 속엔 고삐 놓은 슬픔이 당군다
편한 길에 걸음이 안 걸려
몸은 땅 속으로 잦아들 것만 같구나.

거리의 플라타너스도 눈물겨운 밤
일부러 육조 앞 먼 길로 돌았다.

길 바닥에 장미꽃이 피었다, 사라졌다, 다시 핀다
해저海底의 소리를 누가 들은 적이 있다더냐.

네 잎 클로우버

녹음, 소망의 정령인 그가
푸른 손으로 나를 불러 뛰어나갔오
무엇을 찾을 것만 같아 나무 아래 거닐었오
옆에서 풀잎을 헤치는 동무 하나
네 잎 클러버를 찾는다 하오
그가 왜 이상해 보이오.

허나 그가 귀엽지 않소
믿음과 소망, 사랑과 행복을
진정 찾을 수 있다고 믿는
그 마음이 어린애처럼 귀엽지 않소.

나도 그를 따라 풀잎을 헤쳐 보았오
찾으면 복되다는 네 잎을 못 얻은 서운한 마음
이름 모를 작은 꽃 하나
따서 옷가슴에 꽂았오.

지나든 이 보고 그 이름 물망초라기
빼어서 냇가에 던졌오
던졌으니 그만일 것이 왜 마음은 서운하오.

교 정

흰 양옥이 푸른 나무들 속에
진주처럼 빛나는 오후
닥터 노엘의 조을리는 강의를 듣기보다 젊은 학생들은
건너편 포플라나무 위로 드높이 날리는
깃발 보기를 더 좋아했다.

향수가 물이랑처럼 꿈틀거린다
퍼덕이는 깃발에 이국 정경이 아롱진다
지향 없는 곳을 마음은 더듬었다.

낯선 거리에서 금발의 처녀를 만났다
깊숙이 들어간 정열적인 그 눈이 이국 소녀를 응시하면
'형제여!'
은근히 뜨거운 손을 내밀리라.

푸른 포플라 나무!
흰 양옥!
이국 깃발!
내 제복과 함께 잊혀지지 않는 정경이여……

어떤 친구에게

같은 별 아래 태어난 여인이기에
너와 나는 함께 울었고 같이 웃었다
너를 찾아 밤길을 간 것도
내 가슴을 펼 수 있는 네 가슴이었기

대학 교정에서 그대를 만났을 제
내 눈은 신록을 본 듯 번쩍 뜨였고
손길을 잡게 되던 날 내 가슴은 뛰었었나니
그대와 나는 자매별 모양 빛났더니라.

나를 보는 이 네가 떠올랐고
너를 대하는 이 또 나를 생각해 냈다.

어떤 사람 너를 더 빛난다 했고
다른 이 또 나를 더 좋다 했다.

너와 나 같은 동산에 서지 않았든들
너 나를 이런 곳에 밀어넣지는 않았을 것이고

우리는 얼마나 더 정다왔으랴.

장미는 꺾이다

석류 벌어지는 소리 들리는 낮
장미 같은 여인은 떠나가다.

'내가 시각이 급한테 큰일이다
천주님이 어서 날 불러주셔야 할낀데.'

성당의 낮종이 울려오기 전
골롬바는 예수의 고상을 꼭 쥐고
자는 듯이 눈을 감았다
스물하고 둘
장미 우지끈 꺾이다.

너 이제사
괴롭던 육신을 벗어버렸구나
사랑하던 이들
아끼던 것들
다 놓고 빈 손으로 혼자 떠나버렸다.

하늘엔 흰 구름만이 떠간다.

〔1947년 11월 3일 조카 용자가 떠나든 날〕

당신을 위해

장미 모양
으스러지게 곱게 피는 사랑이 있다면
당신은 어떻게 하시죠.

감히 손에 손을 잡을 수도 없고
속삭이기에는 좋은 나이에 열 없고
그래서 눈은 하늘만을 쳐다보면
얘기는 우정 딴 데로 빗나가고
차디찬 몸짓으로 뜨거운 맘을 감추는
이런 일이 있다면 어떻게 하시죠.

행여 이런 마음 알지 않을까 하면
얼굴이 화끈 달아올라
그가 모르기를 바라며
말없이 지나가려는 여인이 있다면
당신은 어떻게 하시죠.

별을 쳐다보며

나무가 항시 하늘로 향하듯이
발은 땅을 딛고 우리
별을 쳐다보며 걸어갑시다.

친구보다
좀 더 높은 자리에 있어 본댓자
명예가 남보다 뛰어나 본댓자
또 미운 놈을 혼내 주어본다는 일
그까짓 것이 다 무엇입니까.

술 한 잔만도 못한
대수롭잖은 일들입니다
발은 땅을 딛고도 우리
별을 쳐다보며 걸어갑시다.

이름 없는 여인이 되어

어느 조그만 산골로 들어가
나는 이름 없는 여인이 되고 싶소
초가 지붕에 박넝쿨 올리고
삼밭엔 오이랑 호박을 놓고
들장미로 울타리를 엮어
마당엔 하늘을 욕심껏 들어놓고
밤이면 실컷 별을 안고

부엉이가 우는 밤도 내사 외롭지 않겠소
기차가 지나가버리는 마을
놋양푼의 수수엿을 녹여 먹으며
내 좋은 사람과 밤이 늦도록
여우 나는 산골 얘기를 하면
삽살개는 달을 짖고
나는 여왕보다 더 행복하겠소.

아무도 모르게

아무도 모르게 뉘도 몰래
멀리 멀리 가버리고 싶은 날이 있어
메에 올라 낯익은 마을을 굽어보다.

빨간 고추가 타는 듯 널린 지붕이
짱아를 잡는 아이들의 모습이
차마 눈에서 안 떨어져

한나절을 혼자 산 위에 앉아보다.

작 별

어머니가 떠나시든 날은 눈보라가 날렸다.

언니는 흰 족두리를 쓰고
오라버니는 굴관을 하고
나는 흰 댕기 늘인 심또아리를 쓰고

상여가 동리를 보고 하직하는
마지막 절하는 걸 봐도
나는 도무지 어머니가
아주 가시는 것 같지 않았다.

그 자그마한 키를 하고
산엘 갔다 해가 지기 전
돌아오실 것만 같았다.

다음날도 다음날도 나는
어머니가 들어오실 것만 같았다.

내 가슴에 장미를

더불어 누구와 얘기할 것인가
거리에서 나는 사슴 모양 어색하다.

나더러 어떻게 노래를 하라느냐
시인은 카나리아가 아니다.

제멋대로 내버려 두어다오
노래를 잊어버렸다고 할 것이냐.

밤이면 우는 나는 두杜
내 가슴 속에도 장미를 피워다오.

장 미

맘속 붉은 장미를 우지끈 꺾어 보내놓고
그날부터 내 안에선 번뇌가 자라다
네 수정 같은 맘에
나
한 점 티 되어 무겁게 자리하면 어찌하랴
차라리 얼음같이 얼어 버리련다
하늘 보면 나무 모양 우뚝 서 버리련다
아니
낙엽처럼 섧게 날아가 버리련다.

낯선 거리

꿈에서도 못 본 낯선 거리엔
이 고장 말을 몰라 열없고
강아지 새끼 하나 낯익은 게 없다
오라는 이도 없었거니
가라는 이가 없어서 섧단다.

사람들이 흘러간 낯선 거리엔
네온사인이 밤을 음모하고
무우랑의 마담은 잠이 왔다
강아지 새끼 하나 낯익은 게 없다
가라는 이가 없어서 섧단다.

적적한 거리

친구들은 가고 적적한 거리
한종일 걸어도 반가운 이 만날 이 없어
사슴 모양 성큼 골목으로 들다.

낯익은 얼굴들이 없어 낯선 거리
오호, 클클한 저녁이여
인경뎅이만한 비애 앞에 내가 섰노라.

박넝쿨 올린 지붕 밑에
우리 다 함께 모여 살 날은 언제라냐
옥수수는 올에도 다 익었는데

어머니

성모 마리아를 비롯해서
어머니는 괴로워야 했다.

어디서 무슨 일이 났다면
괜히 가슴 철썩 내려앉는 것
두더지는 햇볕이 싫어 땅 속으로 든다지만

어느 세상에서나 지하로 지하로만 드는 아들이 있어
모진 바람이 눈 위에 소리칠 때마다 더운 방에선
잠을 못 자고 어머니는 늙었다.

너도 남들처럼 너도 좀 남처럼
넥타이 매고 행길로 버젓이 훨훨 다녀 보렴
어머니가 죽기 전에
한 번만 이런 모양 보여주렴.

그대 말을 타고

멀리서 종소리가 들려옵니다
날이 인제 새나 봅니다.

천 년 같은 기인 밤이었습니다.

고독과 어두움이 나를 두르고
모진 바람 채찍 모양 내게 감겨들었건만
그대를 기다리며 이 밤을 참았나이다
그대 얼굴은 나의 태양이었나니.

외로움에 몸부림치면
커다란 얼굴해 주고
밖에서 마음 얼어 들어오면 녹여주고
한밤중 눈물지면 씻어주었습니다.

어느 객주집 마구간
말의 눈엔 새벽달이 비치고
곡마단 계집아이들도 잠이 들었을 무렵
그대를 기다리는 내 기도가 올려졌나이다.

이제나 오시렵니까, 하마 저제나 오시렵니까
당신의 말굽소리 듣는다면
담박에 내가 십년은 젊어지겠나이다.

아름다운 새벽을

내 가슴에선 사정없이 장비가 뜯겨지고
멀쩡하니 바보가 되어 서 있습니다.

흙바람이 모래를 끼얹고는
껄껄 웃으며 달아납니다
이 시각에 어디메서 누가 우나봅니다.

그 새벽은 골짜구니 밑에 묻혀 버렸으며
연인은 이미 배암의 춤을 추는지 오래고
나는 혀끝으로 찌를 것을 단념했습니다.

사람들 이젠 종소리도 깨일 수 없는
악의 꽃 속에 묻힌 밤

여기 저도 모르게 저지른 악이 있고
남이 나로 인하여 지은 죄가 있을 겁니다.

마리아여
임종 모양 무거운 이 밤을 물리쳐 주소서
그리고 아름다운 새벽을

저마다 내가 죄인이노라 무릎 꿇을
저마다 참회의 눈물 빰을 적실
아름다운 새벽을 가져다 주소서.

저녁별

그 누가 하늘에 보석을 뿌렸나
작은 보석 큰 보석 곱기도 하다
모닥불 놓고 옥수수 먹으며
하늘의 별을 세든 밤도 있었다.

별 하나 나 하나 별 두울 나 두울
논뜰엔 따옥새 구슬피 울고
강낭수숫대 바람에 설렐 제
은하수 바라보면 잠도 멀어져

물방앗 소리 들은 지 오래
고향 하늘 별 뜬 밤 그리운 밤
호박꽃 초롱에 반딧불 넣고
이즈음 아이들도 별을 세는지.

해 변

비치 파라솔들이
독버섯 모양 곱게 널린 사장에

젊은 정열들이
해당화처럼 무더기 무더기 피었다.

파도는 진종일
모래불을 놀리다 간다
가는 것이 아니라 다시 또 밀려와
얼레발을 친다.

모래불은 이럴 때마다
마음이 우수수 무너졌다.

구름같이

큰 바다의 한 방울 물만도 못한
내 영혼의 지극히 작음을 깨닫고
모래 언덕에서 하염없이
갈매기처럼 오래오래 울어 보았오.

어느 날 아침 이슬에 젖은
푸른 밭을 거니는 내 존재가
하도 귀한 것 같아 들국화 꺾어들고
아름다운 아침을 종다리처럼 노래하였오.

하나 쓴웃음 치는 마음
삶과 죽음 이 세상 모든 것이
길이 못 풀 수수께끼이니
내 생의 비밀인들 어이하오.

바닷가에서 눈물 짓고
이슬 언덕에서 노래 불렀오
그러나 뜻 모를 이 생
구름같이 왔다 가나 보오.

향 수

5월의 낮차가 찰랑찰랑
배추꽃이 노오란 마을을 지나면
문득
싱아를 캐던 고향이 그리워

타향의 산을 보며
마음은
서쪽 하늘의 구름을 따른다.

창 변

서리 내린
지붕 지붕엔 밤이 안고

그 안엔 꽃다운 꿈이 뒹굴고
뉘집인가 창이 불빛을 한 입 물었다.

눈비탈이
하늘 가는 길처럼 밝구나.

그 속에 숱한 얘기들을 줍고 있으면
어려서 잊어버린 집이 살아났다.

창으로 불빛이 나오는 집은 다정해
볼수록 정다와

저 안엔 엄마가 있고
아버지도 살고
그리하여 형제들은 다행하고

마음이 가난한 이는 눈을 모아
고운 정경을 한참 마시다.

아늑한 집이 왼갖 시간에 벌어졌다
친정엘 간다는 새댁과 마주 앉은
급행열차 밤찻간에서도

중년신사는 나비넥타이를 찼고
유복한 부인은 물건을 왼종일 고르고
백화점 소녀는 피곤이 밀린 잡답 속에서도

또 어느 조그만 집 명절 떡치는 소리를
들으면서도
기댈 데 없는 외로움이 박쥐처럼 퍼덕이면
눈 감고

가다가
슬프면 하늘을 본다.

봄의 서곡

누가 오는데 이처럼들 부산스러운가요.
목수는 널빤지를 재며 콧노래를 부르고
하나같이 가로수들은 초록빛
새옷들을 받아들었습니다.
선량한 친구들이 거리로 거리로 쏟아집니다.
여자들은 왜 이렇게 더 야단입니까
나는 포도鋪道에서 현기증이 납니다.
삼월의 햇볕 아래 모든 이지러졌던 것들이 솟아 오릅니다.
보리는 그 윤나는 머리를 풀어 헤쳤읍니다.
바람이 마음대로 붙잡고 속삭입니다.
어디서 종달이 한 놈 포르르 떠오르지 않나요.
꺼어먼 살구나무에 곧
올연한 분홍 베일이 씌어질가 봅니다.

봄 비

강에 어름장 꺼지는 소리가 들립니다
이는 내 가슴속 어디서 나는 소리 같습니다.

봄이 온다기로
밤새껏 울어 새일 것은 없으련만
밤을 새워 땅이 꺼지게 통곡함은
이 겨울이 가는 때문이었습니다.

한밤을 줄기차게 서러워함은
겨울이 또 하나 가려함이었습니다.

화려한 꽃철을 가져온다지만

이 겨울을 보냄은
견딜 수 없는 비애였기에
한밤을 울어울어 보내는 것입니다.

푸른 오월

청자빛 하늘이
육모정 탑 위에 그린 듯이 곱고
연당 창포잎에
연인네 행주치마에
첫여름이 흐른다.

라일락 숲에
내 젊은 꿈이 나비같이 앉은 정오
계절의 여왕 오월의 푸른 여신 앞에
내가 웬일로 무색하고 외롭구나.
밀물처럼 가슴속 밀려드는 것을
어찌하는 수 없어
눈은 먼 데 하늘을 본다.
긴 담을 끼고 외진 길을 걸으면
생각은 무지개로 핀다.

풀냄새가 물큰
향수보다 좋게 내 코를 스치고
청머루순이 뻗어나는 길섶

어디선가 한나절 꿩이 울고
나는 활나물 홋잎나물 젓갈나물
참나물 고사리를 찾던
잃어버린 날이 그립구나, 나의 사람아.
아름다운 노래라도 부르자
보리밭 푸른 물결을 헤치며
종달이 모양 내 맘은
하늘 높이 솟는다.

오월의 창공이여
나의 태양이여.

6월의 언덕

아카시아꽃 핀 6월의 하늘은
사뭇 곱기만 한데
파라솔을 접듯이
마음을 접고 안으로 안으로만 듣다.

이 인파 속에서 고독이
곧 얼음 모양 꼿꼿이 얼어들어옴은
어쩐 까닭이뇨.

보리밭엔 양귀비꽃이 으스러지게 고운데
이른 아침부터 밤이 이슥토록
이야기해 볼 사람은 없어
파라솔을 접듯이
마음을 접어 가지고 안으로만 듣다.

장미가 말을 배우지 않는 이유를
알겠다.
사슴이 말을 안 하는 연유도
알아듣겠다.

아카시아꽃 핀 6월의 언덕은
곱기만 한데.

가을날

겹옷 사이로 스며드는 바람은
산산한 기운을 머금고
드높아진 하늘은 비로 쓴 듯이 깨끗한
맑고도 고요한 아침

여기저기 흩어져 촉촉이 젖은
낙엽을 소리 없이 밟으며
허리띠 같은 길을 내놓고
풀밭에 들어 거닐어 보다.

끊일락 다시 이어지는 벌레 소리
애연히 넘어가는 마디마디엔
제철의 아픔이 깃들었다.

곱게 물든 단풍 한 잎 따 들고
이슬에 젖은 치맛자락 휩싸쥐며 돌아서니
머언 데 기차 소리가 맑다.

묘 지

이른 아침 황국을 안고
산소를 찾은 것은
가랑잎이 빨가니 단풍드는 때였다.

이 길을 간 채 그만 돌아오지 않는 너
슬프다기보다는 아픈 가슴이여.

흰 패목들이
서러운 악보처럼 널려 있고
이따금 빈 우차가 덜덜대며 지나는 호젓한 곳

황혼이 무서운 어두움을 뿌리면
내 안에 피어오르는
산모퉁이 한 개 무덤
비애가 꽃잎처럼 휘날린다.

낙 엽

간밤에 나는 나무 밑에 들어서
그들의 회의 광경을 보았습니다.

플라타너스는 사시나무 떨 듯하며
무서운 소리를 내고 있었습니다.

밖엘 나서니 바람 한 점 없는
자는 듯 조용한 밤하늘인 것을

어젯밤 그처럼 웅성거리더니
아침에 발등이 안 뵈게
누우런 잎사귀들을 떨구어놨습니다.

시들은 잎사귀를 떨어버리는데
그렇게 엄숙한 회의를 했군요.

겨울을 이겨 낼 투사는
하나도 없었나 보죠.

플라타너스의 가을밤 회의는
준엄한 것이었습니다.

가을의 구도

가을은 깨끗한 새악시처럼
맑은 표정을 하는가 하면 또
외로운 소녀네같이 슬픈 몸짓을 지녔습니다.
바람이 수수밭 사이로
우수수 소리를 치며 설레고 지나는 밤엔
들국화가 달 아래 유난히 희어 보이고
건너 마을 옷 다듬는 소리에
차가움을 머금었습니다
친구여! 잠깐 우리가 멀리합시다.
호수 같은 생각에 혼자 가만히
잠겨보고 싶구료……

제 야

멀리 갔던 이들 돌아오고
풍성풍성히 저자도 보는 명절날
돌아갈 수 없는 집 있어
먼 하늘 바라보며 기둥 모양 우뚝 섰다.
별은 포기포기 솟아
모두다 싯구들의 얼굴이 되다.

희야, 새날이 와
내가 돌아가는 날 너도 떡을 빚고 술을 담그자.

첫 눈

은빛 장옷을 길게 끌어
왼 마을을 희게 덮으며
나의 신부가
이 아침에 왔습니다.

사뿐사뿐 걸어
내 비위에 맞게 조용히 들어왔습니다.

오랜간만에
내 마음은
오늘 노래를 부릅니다.

자, 잔들을 높이 드시오.
빨간 포도주를
내가 철철 넘게 치겠소.

이 좋은 아침
우리들은 다같이 아름다운 생각을 합시다.

종도 꾸짖지 맙시다
애기들도 울리지 맙시다.

슬픈 그림

보랏빛 포도알처럼 떫은 풍경
애드발른에는 아담과 이브 시대의 사진 예고
아스파라가스처럼 늘 산뜻한 걸 즐기는 새악시
오얏나무 아래서 차라리 낮잠을 잤다.

바느질 대신 아프리카 종의 고양이를 데리고 논다.
구두를 벗고 파초 앞으로 발을 싸 본다.
하나 새악시는 문득 무엇이 생각킬 때면

붉은 산호 목걸이도 벗어던지고
아무도 달랠 수 없어 울어버리는 버릇이 있단다.

소 녀

뺨이 능금 같을 뿐 아니라
다리가 씨름꾼 같아

내가 슬그머니
질투를 느낌은
그 청춘이 내게 도전을 하는 까닭이다.

고 독

변변치 못한 화를 받던 날
어린애처럼 울고 나서
고독을 사랑하는 버릇을 지었습니다.

번잡이 이처럼 싱크러울 때
고독은 단 하나의 친구라 할까요.

그는 고요한 사색의 호수가로
나를 달래 데리고 가
내 이지러진 얼굴을 비추어줍니다.

고독은 오히려 사랑스러운 것
함부로 권할 수 없는 것
아무나 가까이 하기 어려운 것인가 봐요.

나에게 레몬을

하루는 또 하루를 삼키고
내일로 내일로
내가 걸어가는 게 아니요 밀려가오.

구정물을 먹었다 토했다
허우적댐은 익사를 하기가 억울해서요.

악이 양귀비꽃 마냥 피어오르는 마음
저마다 모종을 못 내서 하는 판에

자식을 나무랄 게 못 되오.
울타리 안에서 기를 수는 없지 않소?

말도 안 나오고
눈 감아버리고 싶은 날이 있소.

꿈 대신 무서운 심판이 어른거리는데
좋은 말 해줄 친구도 안 보이고!

할머니 내게 레몬을 좀 주시지
없음 향취 있는 아무거고
곧 질식하게 생겼소!

수 녀

수녀원도 뒤 한적한 곳
루르드 성굴聖窟 엔
성모 마리아 상이 유난히 흰 밤
검은 묵주 손에 쥐고
조용히 나와 비는 한 처녀
말없는 무거운 마음을 누가 알리.

독 백

밤은 언제부터인지 안식의 시간이 못 되어
눈을 뜨고
올빼미처럼 눈을 뜨고 깨어 있는 밤

시계소리를 듣기에도 성가신
해초와도 같이 후줄근해진 영혼이여

샹들리에 밑이 어두워서
나는 내 소중한 열쇠를 못 찾고
손수건같이 꾸겨진 오늘을 응시하며
한밤중 올빼미 모양 일어나 앉아
낙하산의 현기증을 느낀다.
무도회는 언제나 지쳐서들 쓰러질 것이냐.

꿈속에서 모양 나는 매가리가 하나도 없고
해감 속에서
한 발자욱도 옮겨 놓아 지지가 않는다.

별도 이제 내 친구는 못 되고
풀 한 포기 나지 못한 허허벌판에서
전투기의 공중 선회적 현기증

장미빛 새벽은 멀다치고

대합실

막차가 떠난 뒤
대합실엔 종이쪽만 날고
거지아이도 잠이 드나본데.

시간표에도 없는 차시간을
사람들은 지금 기다리고 있다.

생판 모르는 얼굴이 내리는 것인지도
모른다.
기적소리 산과 마을을 울리며

어느 바람 센 광야를 건너는 것이뇨.
우랄 알타이 보석 모양 너를 찾는 눈들이
번쩍거리고, 지리한 낮과 밤이 연륜처럼 서린
곳에 마지막 보람이 있으려 함이뇨.

시간표에도 없는 차시간을
사람들은 지금 기다리고 있다.

피곤과 시장기와 외로움까지 두르고 앉아
눈을 감고 기다리는 사람들
목메어 소리치며 부를 그 사람은
언제나 온다는 것이냐.

탑 위의 시계는 얼굴을 가리고
아무도 지금 몇 시인지 알 수가 없다.

캐피털 웨이

샅샅이 드러내놓는
대낮은 고발자
눌러보고 싸주어 아름답게만 보아주는
밤은 연인

시속 15마일의 안전 상태로
나 이 밤에 캐피털 웨이를 달린다.
낮에 낙엽을 줍던 이도 안 보이고
다람쥐처럼 옹송그리고 밤을 굽던 소년도 그 자리에 없다.
하나 좋은 줄 모르고 날마다 오르내린 이 길이
오늘밤 유난히 멋지고 곱구나
몇 백원 택시의 효과여.

가로수를 양 옆에 끼고
포도를 미끄러지는 맛이 괜찮구나
보초 대신 칸칸이 늘어선
나의 수박등들의 아름다움이여

개 짖는 집 하나 없는 이 골목을
난 이제 조심조심 들어가야 한다.
남의 집 급한 바느질을 하는 모퉁이집 할머니를 위해서
시린 손을 불며 과자봉지를 붙이는 반장아저씨를 위해서
기침도 삼키고 나는 근신하며 들어서야 한다.

출 범

기선이 떠나고난 항구에는
끊어진 테이프들만 싱겁게 구으르고
아무렇지도 않았든 것처럼
바다는 다시 침묵을 쓰고 누웠다.

마녀의 불길한 예언도 없었건만
건너기 어려운 바다를 사이에 두기로 했다.
마지막 말을 삼키고
영영 떠나보내는 마음도 실은 강하지 못했다.
선조 때 이 지역은 저주를 받은 일이 있어
비극이 들기 쉬운 곳이란다.
검푸른 7월의 바닷가 모랫불
늙은 소라껍데기 속엔 이야기 하나가 더 불었다.

물을 차는 제비처럼 가벼웠으면 하나
마음의 마음은 광주리 속을 자꾸 뒤적거려
배가 나간 뒤로 부두를 떠나지 못하는 부은 마음
바다 저편에 한여름 흰 꿈을 재우다.

바다에의 향수

기억에 잠긴 남빛 바다는 아득하고
이를 그리는 정열은 걷잡지 못한 채
낯선 하늘 머언 뭍 위에서
오늘도 떠가는 구름으로 마음을 달래보다.

지금은 바다 저편엔 9월의 태양이 물 위에 빛나고
기인 항해에 지친 배의 육중스런 몸뚱이는
집시의 퇴색한 꿈을 안고 푸른 요 위에 뒹굴며
낯익은 섬들의 기억을 뒤적거리리…….

푸른 밭을 갈아 흰 이랑을 뒤에 남기며
장엄한 출범은 이 아침에도 있었으리
늠실거리는 파도, 바다의 호흡, 흰 물새
오늘도 내 마음을 차지하다.
오늘도……

오늘

무엇에 쫓기는 것일까
막다른 골목으로 막다른 골목으로
내가 쫓기는 것만 같다.

나를 따르는 것은 빚쟁이도 아니요.
미친개도 아니요.
더더군다나 원수는 아니다.

밤의 안식은 천 년의 세월이 덮은 듯 아득한 전설
네거리 횡단길에 선 마음
소음에 신경은 사정없이 진동되고
내 눈은 고달파 핏줄이 섰다.

밤 천정의 한 마리의 거미가
보기 좋게 사람을 위협할 수도 있거니

무엇에 쫓기는 것일까
막다른 골목으로 내가 쫓긴다.

불안한 날들이 낯선 정거장 모양 다닥치고
털어버릴 수 없는 초조와 우수가
사월의 신록처럼
무성하다.

꽃길을 걸어서
—4월의 기도—

그 겨울이 다 가고
산에 갔던 아이들 손엔 할미꽃이 들려졌다.
사립문에 기대어 서서
진달래 자욱한 앞산을 바라보면
큰애기의 가슴은 파도 모양 부풀어 올랐다.
4월 큰애기의 꿈은 무지개같이 찬란했다.

웬일인지 이 봄엔 삼팔선이 터지고
나갔던 그 이가 돌아올 것만 같다.
"갔다 오리다."
생생하게 지금도 귀에 들린다.
군복을 입은 모습
어찌 그리 늠름하고 더 잘나 보였을꼬.

그 이가 일선으로 나간 뒤부터
뉴스 영화의 군인들이 모두다
그이 같아 반가와졌다.

주여
이 봄엔 통일을 꼭 가져다주소서.
그리하여
진달래 곱게 핀 꽃길을 걸어서
승전한 그 이가 돌아오게 해주소서.

철창의 봄

푸른 옷을 입은 여수女囚 s,s
요새 와서
창 밖을 내다보는 버릇이 부쩍 심해졌다.

여인의 눈이 떨어지는 곳엔
눈이 녹는 자리 파란 쑥이 드러났다.
며칠 뒤
늘 창밖을 내다보던 여인은
병이 나서 덜컥 누워 버렸다.

4월의 노래

4월이 오면, 사월이 오면은……
향기로운 라일락이 우거지리
회색빛 우울을 걷어버리고
가지 않으려나 나의 사람아
저 라일락 아래로, 라일락 아래로

푸른 물 다담뿍 안고 4월이 오면
가냘픈 맥박에도 피가 더하리니
나의 사랑아 눈물을 걷자
청춘의 노래를, 사월의 정령을
드높이 기운차게 불러보지 않으려나

앙상한 얼굴의 구름을 벗기고
4월의 태양을 맞기 위해
다시 거문고의 줄을 골라
내 노래에 맞추지 않으려나 나의 사람아!

동 경

내 마음은 늘 타고 있소
무엇을 향해선가

아득한 곳에 손을 휘저어 보오
발과 손이 매어 있음도 잊고
나는 숨가삐 허덕여 보오.

일찍이 그는 피리를 불었오
피리 소리가 어디서 나는지 나는 몰라
예서 난다지, 제서 난다지.

어디멘지 내가 갈 수 있는 곳인지도 몰라
하나 아득한 저곳에
무엇이 있는 것만 같애
내 마음은 그칠 줄 모르고 타고 또 타오.

국화제

들녘 경사진 언덕에 네가 없었던들
가을은 얼마나 적적했으랴
아무도 너를 여왕이라 부르지 않건만
봄의 화려한 동산을 사양하고
이름도 모를 풀 틈에 섞여
외로운 계절을 홀로 지키는 빈들의 새악시여
갈꽃보다 부드러운 네 마음 사랑스러워
거친 들녘에 함부로 두고 싶지 않았다.

한아름 고이 꺾어 안고 돌아와
책상 위 화병에 너를 옮겨 놓고
거기서 맘대로 화창하라 빌었더니
들에 보든 그 생기 나날이 잃어버리고

웃음 거둔 네 얼굴은 수그러져
빛나던 모양은 한 잎 두 잎 병 들어가는구나
아침마다 병이 넘게 부어주는 맑은 물도
들녘의 한 방울 이슬만 못하더냐?
너는 끝내 거친 들녘 정든 흙냄새 속에
맘대로 퍼지고 멋대로 자랐어야 할 것을
뉘우침에 떨리는 미련한 손이
시들고 마른 너를 다시 안고
높은 하늘 시원한 언덕 아래
묻어주려 나왔다 들국화야!
저기 너의 푸른 천정이 있다.
여기 너의 포근한 갈蘆 방석이 있다.

눈이 찾아주는 날

눈이 날린다.
철창 밖에 눈이 날린다.
내 좋은 눈이 여기까지 찾아 주었다.
마음은 발돋음을 하고 내다 본다.
눈 오는 들판을 내 마음은 눈과 함께 달린다.

별은 창에
잘 드는 비수로 가슴속 샅샅이 헤쳐보아도
내 마음 조국을 잊어본 일 정녕 없거늘
어언 일로 나 이제 기막힌 패를 달고
여기까지 흘러왔느냐.

단잠을 앗아간 지리한 밤들이
긴 짐승 모양 징그럽게 잠겨들고
밝기를 기다리는 괴로운 시시각각
한숨과 더불어 몸 뒤척이면
철창은 바람에 울고
밤이슬 소리 없이
유리창에 눈물짓는 새벽

별은 창마다.

나의 20대

　인생의 여축이 많았던 20대에 있어서 청춘의 그 다이아몬드 같은 금세를 내가 알았을 리 없고, 여기에서 내 20대는 괜히 묵혀져 버렸던 것이다.

　하기야 화려한 서장이었다. 그때 이 나라엔 하나밖에 없었던 여자 최고 학부를 나오자 모 신문사에서 금방 데려갔고, 여기서 일을 하는 한편, 나는 나이팅게일이 노래로 토하듯이 쉴새 없이 시를 토했으며, 또 용정이니 북간도니 이두구니 연길 등지를 한 바퀴 여행하고 와서는 『산호림(珊瑚林)』이라는 처녀 시집을 내놓았다.

　지금은 흔적조차도 없어진 남산동의 그 호화스러운 경성 호텔에서 정초에 출판 기념회를 받든 기억, 당시 나는 진달래빛으로 아래 위를 입고 나타났는데, 고 김 상용(金尙鎔) 선생을 위시해 미세스 메이저 등 모두 박수들을 해서 내 입장을 화려하게 해주던 일은 더구나 잊혀지지 않는다.

　당시 내 눈은 머언 데로, 높은 데로만 주어졌고 눈 앞에 있는 것들은 웬일인지 마땅치가 않았다.

　내 일생의 병고는 진실로 여기서 시작되었는지도 모른다.

　20대의 내 정열은 시작(詩作)에만 머물지는 않았다. 이화 시절부터 취미가 있던 연극을 또 하게 되었으니, 당시 인사동 태

화 여자관(泰和女子館) 안에 있던 「극예술 연구회」에 들어가
자고 고 함대훈(咸大勳), 이헌구(李軒求), 서항석(徐恒錫), 조
희순(曹希淳), 이시웅(李時雄), 모윤숙(毛允淑), 최영수(崔永
秀), 고 김복진(金福鎭), 최봉칙(崔鳳則), 신태선(申泰善) 제씨
랑 밤마다 극연구회관에 모여서는 고단한 줄도 몰랐다.

안톤 체호프 작의 《앵화원》에서 모윤숙 씨는 라네프스까야
부인으로 분장을 하고, 나는 그의 딸 아아냐로 분장을 하고,
부민관(府民館)은 아직 날 생각도 안 했을 무렵, 공회당에서
입추의 여지도 없는 관중을 상대로 열연을 한 적도 있다. 이
연극에서 이헌구 씨가 대학생으로 분장을 하고 나의 상대역이
되었었는데, 춤을 추는 장면에서 원 스텝도 떼어 놓을 줄을 모
르는 대학생(이 헌구 씨)이 자꾸만 무대에서 내 발등을 밟던
생각을 하면 지금도 웃게 된다.

그 시절에 나는 트로트 정도는 출 줄 알았었는데, 일본까지
갔다 오신 그 양반은 춤을 출 줄 몰라서 사람들을 웃겼던 것이
다. 그때 연출을 맡아 보시던 홍해성(洪海星) 선생의 무지무지
한 신경질을 받다 못해 나는 가끔 맡은 배역을 안 하겠다고 성
을 내고 나오려고 하면 번번이 지금은 가버린 함대훈 씨가 오
라버니 모양 나를 얼려주어서 도로 앉히는 것이었다.

이렇게 연극을 하면서도 무언지 모르는 체 정열에 둥둥 떠서
다녔으나, 이 묘령의 처녀는 여기의 이성들 하고는 얌전히 사

건을 일으키지 않았는데, 진짜 사건은 《앵화원》을 공화당에서 며칠 동안 상연할 때 여기의 관객으로 왔던 모 교수가 내 러브 어페어를 일으켜 주게 되었던 것은 무슨 운명적인 일이 었는지 모른다.

연애를 하는데 실로 요즘 사람들이 들으면 알아듣지 못할 재목이 많다. 가슴은 늘 와들와들 떨렸고, 한 번도 우리는 어디를 버젓이 못 다녀봤던 것이다. 어째 연애를 하는 사람에게는 천지가 그렇게 좁으며 아는 사람도 그렇게 처처에 널려 있는 것인지, 이렇게 와들와들 떠는 마음, 결국은 이런 마음이 내 첫사랑을 보기 좋게 날려 보냈던 것이다.

모든 것이 용감무쌍했어야 할 이 20대에 있어서 나는 어리석고 약했었다. 응당 화려해야 할 20대를 정말로 나는 무색하게 보냈다고 볼 수 있다.

지금쯤 20대가 다시 와 준대도 나는 여전히 와들와들 떨기만 할 것 같다.

세상이야 뭐라든—이것이(이하 없어졌음)

설야 산책

저녁을 먹고 나니 퍼뜩퍼뜩 눈발이 날린다. 나는 갑자기 나가고 싶은 유혹에 끌린다. 목도리를 머리까지 푹 눌러 쓰고 기어이 나서고야 만다.

나는 이 밤에 뉘 집을 찾고 싶지는 않다. 어느 친구를 만나고 싶지도 않다. 그저 이 눈을 맞으며 한없이 걷는 것이 오직 내게 필요한 휴식일 것 같다. 끝없이 이렇게 눈을 맞으며 걸어가고 싶다.

눈이 내리는 밤은 내가 성찬을 받는 밤이다. 눈은 이제 대지를 희게 덮었고 내 신바닥이 땅 위에 잠깐 미끄럽다. 숱한 사람들이 나를 지나치고 내가 또한 그들을 지나치건만, 내 어인 일로 저 시베리아의 눈 오는 벌판을 혼자 걸어가고 있는 것만 같으냐?

가로등이 휘날리는 눈을 찬란하게 반사시킬 때마다 나는 목도리를 더욱 눌러 쓴다. 이제 그만 집으로 돌아가야겠다고 느끼면서도 발길은 좀체 집을 향하지 않는다.

기차 바퀴 소리가 유난히 크게 들린다. 지금쯤 어디로 향하는 차일까. 우울한 찻간이 머리에 떠오른다. 그 속에 앉았을 형형색색의 인생들, 기쁨을 안고 가는 자와 슬픔을 받고 가는 자를 한 자리에 태워 가지고 이 밤을 뚫고 달리는 열차, 바로 지난 해 정월 어떤 날 저녁 의외의 전보를 받고 떠났던 일이, 기어이 슬픈 일이 내 가슴에 새기게 한 일이 생각나며, 밤 차 소리가 소름이 끼치도록 무서워진다.

이따금 눈송이가 뺨을 때린다. 이렇게 조용히 걸어가고 있는 내 마음 속에 사라지지 못할 슬픔과 무서운 고독이 몸부림쳐 견디어 내지 못할 지경인 것을 아무도 모를 것이다.

이리하여 사람은 영원히 외로운 존재일지도 모른다. 뉘 집인가 불이 환히 켜진 창 안에서 다듬이 소리가 새어 나온다.

어떤 여인의 아름다운 정이 여기도 흐르고 있음을 본다. 고운 정을 베풀려고 옷을 다듬는 여인이 있고, 이 밤에 딱딱이를 치며 순경을 돌아주는 이가 있는 한 나도 아름다운 마음으로 돌아가야 할 것이다.

머리에 눈을 허옇게 쓴 채 고단한 나그네처럼 나는 조용히 집문을 두드린다. 눈이 내리는 성스러운 밤을 위해 모든 것은 깨끗하고 조용하다. 꽃 한 송이 없는 방안에 내가 그림자같이 들어옴이 상장처럼 슬프구나.

창밖에선 여전히 눈이 싸르르 싸르르 내리고 있다. 저 적막한 거리 거리에 내가 버리고 온 발자국들이 흰 눈으로 덮혀 없어질 것을 생각하며, 나는 가만히 눕는다. 회색과 분홍빛으로 된 천정을 격해 놓고 이 밤에 쥐는 나무를 깎고 나는 가슴을 깎는다.

나 비

나비는 어딘지 모르게 무척 귀족적인 데가 있다. 송충이를 거의 변신성스럽게 무서워하는 내 깐에 나비는 또 몹시 고와한다. 인시류燐翅類 가운데서 확실히 나비는 어느 귀족일 게다. 그 몸뚱이의 됨됨이며 또 맵시를 보라. 얼마나 귀골로 생겼나.

연상 장미의 화원으로만 맴돌고 한사코 꽃을 따라 마지 않는 것이 얄밉다기보다도 오히려 그 탐미파적인 데를 나는 사랑하고 싶다. 나비는 지극히 점잖다. 어디까지나 신사풍을 갖추고 있다. 그리고 무척 사치스럽다. 흰 나비를 비롯해서 노랑나비, 또 범나비, 호랑나비를 보라. 그 날개의 호화스러운 차림새란 과연 휘황찬란한 데가 있지 않은가. 나는 어려서 화초밭에 들어갔다가 호랑나비를 보면 괜히 무서운 생각이 들고는 했었다.

얼쑹덜쑹 반점이 박힌 그 날개를 퍼덕이면 어린 마음에 어떤 공포를 느꼈던 것이다.

멀지 않아 이제 울타리에 개나리꽃이 피고 잔디밭에 민들레꽃이 피면 하늘하늘 나비가 날며 나타날 것이다.

올해는 무슨 나비를 먼저 볼 것인가. 호랑나비를 먼저 보면 그 해 운이 좋다는 말이 있다. 어려서 나는 제일 먼저 흰 나비를 보는 해엔 그 해가 다 가도록 은근히 걱정으로 지냈었다.

누구에게서 들었는지 흰 나비를 먼저 보면 그 해엔 상주가 된다는 말이 무서웠기 때문이다.

길을 걷다가 흰 나비가 퍼뜩 보이는 것 같으면 얼른 나는 다른 데로 황급히 시선을 돌리며 안 보려고 애를 쓰는 것이었다.

이런 얘기를 꺼내다보니 문득 그때 시절이 미칠 것처럼 그리워진다.

목 련

아침에 눈을 뜨는 길로 문갑 위의 목련을 바라보았다.

그윽한 향기가 방안에 넘치는 것 같다. 재치 있는 붓끝으로 곱게 그려진 것 같은 미끈하고 탐스러운 잎사귀며, 그 희고 도톰한 화판이며, 불그레한 꽃술이며, 보면 볼수록 품이 있고 고귀한 꽃이다.

그리고 무척 동양적이다. 내가 여학교 시절 자수 시간에 족자에다 이 목련이란 꽃을 수놓아 본 일은 있으나, 보기는 처음인 것이다.

지난 번 주일 날 명륜동 조카집엘 놀러갔더니 돌아올 때 선효가 정원에서 꺾어준 꽃이 이 목련이다. 전차와 버스를 타고 오는 동안 이 꽃을 위해 나는 얼마나 고생을 했는지 모른다.

어쩌면 이처럼 점잖은 꽃이 있을까? 몇 번을 감탄하고도 오히려 남음이 있어 좋은 벗이라도 와서 같이 보았으면 싶던 차에 오늘 아침 선희가 와서 이 꽃을 보고 늘어지게 찬사를 던지고 갔다.

흰 나리꽃이 꽃 중에는 으뜸가는 줄 알았더니, 목련은 한층 격이 높음을 본다. 목련을 조용히 바라보고 있으면 옷깃이 여며진다. 사람도 이처럼 그윽하고 품이 있어지고 싶건만, 향기를 지닌 사람이 된다는 것 역시 쉬운 일이 아니다.

낙 엽

긴밤에 불던 바람이 마당 한구석에 낙엽을 한 무더기 몰아다 놓았다.

나는 세수할 것도 잊고 한참 팔짱을 낀 채 쌓인 잎들을 바라다본다. 오동잎에, 버들잎에, 가랑잎에 갖가지 잎들이 섞여 있다.

의지하고 달려 있던 제 어버이 나무에서 떨어져 거센 바람이 모는 대로 저항없이 굴러다니다가 우리 집 뜰에까지 왔겠거니 하니 어쩐지 마음이 회심해 진다. 바람이 또 불면 다시 어디로 굴러가야 할 것이 아닌가.

그리고 보면 이런 낙엽지는 꼴이 보기 싫어서인지 나는 사철 중에 가을을 제일 싫어하나 보다. 포도를 걷다가도 가로수를 흔드는 바람세가 선들거리기 시작하는 것을 보면 소름이 끼친다.

봄은 밉고 가을은 싫다, 더도 말고 흔닢나물이 바야흐로 퍼지려 하고, 두릅순이 연연하게 돋아나고, 채마밭엔 지난 가을에 심었던 마늘이 댕기 같은 잎사귀를 탐스럽게 쭉쭉 벋는 첫여름이 제일 좋고 차라리 눈 오는 겨울이 좋은데, 가을철은 웬일인지 좋은 줄을 모르겠다.

내 사랑하는 조카 용자가 간 것도 다 늦은 가을이었다.

남쪽이라 뜨락엔 석류가 빠알가니 열린 한낮, 수녀님의 인도

함을 따라 그는 성모 마리아를 부르며 조용히 떠나갔다.

골롬바는 천당엘 갔다고 우리는 위로를 받는다. 양지 바른 곳에다 묻어주고 나는 산으로 돌아다니면서 댕댕이 덩굴을 걸고 들국화를 몇 송이 꺾어다 꽃방석을 틀어 무덤 위에 얹어주고 무거운 걸음을 걸어 진실로 허무를 느끼며, 세상 모든 것에 이후부터는 결코 애착을 붙이지 않으리라고 저물어가는 산과 들에 맹세를 하면서 돌아왔다.

스물두 살이나 먹어 가지고 이처럼 가슴을 뜯으며 보낼 줄은 몰랐다.

추야장 긴긴 밤을 나는 그리운 조카의 생시의 모습을 따라 헤맸다.

가슴을 파고드는 비애에 나는 아무것도 할 수가 없었다. 자다가 일어나서도 나는 용자를 부르면서 울었다.

누런 스웨터를 입은 경기 여고 시절의 모습을 따라, 또 이화 여전의 제복의 모습을 따라, 다시 출가 후의 긴 치마 입은 모습을 따라서 나는 미칠 것 같이 헤매었다.

어머니를 떠나, 너는 지금쯤 어디로 훨훨 가고 있느냐? 그 큰 허우대하고 낙엽처럼 어디로 혼자 떠나고 있느냐? 한밤중에 이는 바람 소리도 나는 베개에서 귀를 수스라뜨리며 행여 사람들의 죽은 혼이 밤이면 저렇게 돌아다니는 것이 아닐까 하고 어리석은 생각을 해 보기도 한다.

노천명(盧天命) 생애와 작품연대

*1912년 (1세) 9월 2일 황해도 장연군 탈택면 비석리에서 부친 서해 노씨 와 의성 김씨 홍기 사이의 차녀로 출생. 소지주 집안으로 이름을 기선(基善)으로 지어 받다.

*1917년 (5세) 홍역으로 사경을 넘었다 하여 천명(天命)으로 개명.

*1920년 (8세) 부 사망, 서울로 오다. 진명보통학교 입학.

*1923년 (11세) 진명학교 3년 때 언니 노기용(18세)이 崔斗煥 변호사와 결혼, 천명의 학자금과 생계를 전담하다.

*1926년 (15세) 진명학교 5년 때, 검정고시 합격 진명여고에 진학.

*1930년 (19세) 3월 진명여고를 졸업 이화전문 영문과에 입학, 어머니 김홍기 57세로 사망.

*1932년 (21세) 신동아 6월호에 시 「밤의 찬미」를 발표하다. 이어 「단상」, 「포구의 밤」등 발표.

*1934년 (23세) 이화여전 영문과 졸업, 조선중앙일보 학예부 기자로 입사(4년 근무).

*1935년 (24세) 《사원》지 창간호에 시 「내 청춘의 배는」을 발표, 시단에 대뷔.

*1937년 (26세) 조선중앙일보 사직. 용정 북간도 연길 등지

여행.

*1938년 (27세) 1월 1일 처녀시집《珊瑚林》출간. 조선일보《여성》지 편집,「극예술연구회」에 참가,《앵화원》에서 아아냐로 무대에 오름. 관객으로 왔던 보성전문의 김광진 교수와 알게 되다. 안국동에 언니가 집을 마련해 주어 하숙생활 면하다.

*1941년 (30세)《여성》지 사직.

*1943년 (32세) 매일신보 입사 문화부 근무(2년).

*1945년 (34세) 2월 25일 제2시집《창변》간행, 서울신문사 문화부 근무(1년).

*1946년 (35세) 서울신문사 사직. 부녀신문 편집차장 역임(1년).

*1947년 (36세) 부녀신문 사직, 큰 조카 용자가 맹장 수술 후 경과 불량으로 사망.

*1948년 (37세) 10월 20일 제1수필집《산딸기》간행.

*1949년 (38세) 3월 10일 현대시인전집 제2권에《노천명집》수록, 안국동에서 누하동 225의 1호로 이사, 양녀(仁子) 얻음.

*1950년 (39세) 10월 부역 혐의로 투옥.

*1951년 (40세) 4월 부산에서 출감. 부산 중앙성당에서 가톨릭 입교, 영세를 받고 '베로니카' 란 세례명을 받다. 공보실 중앙방송국 촉탁 근무(6년).

*1953년 (42세) 3월 30일 제3시집《별을 쳐다보며》를 간행.

*1954년 (43세) 7월 5일 제2수필집《나의 생활백서》간행.

*1955년 (44세) 12월《여성서간문독보》간행. 서라벌예대 등 강사로 출강하는 한편, 모교인 이화여대 출판부 일도 돌보았다.

*1956년 (45세) 5월《이화70년사》출판, 건강 악화

*1957년 (46세) 3월 7일, 오후 3시 재생불능성 뇌빈혈로 청량리 위생병원 1호실에 입원, 얼마 후 회복하여 퇴원, 6월 15일 모윤숙이 미국 가던 날 함께 김포공항까지 전송.

*1957년 (46세) 6월 16일 새벽 1시 30분 누하동 자택에서 운명.

*1958년 6월 15일 제4시집《사슴의 노래》간행.

*1960년 12월 10일《노천명전집》간행.

*1972년《노천명시집》간행.

*1973년 4월 수필집《사슴과 고독의 대화》간행.

노천명 시집
사슴의 노래

재발행 2017년 08월 20일

펴낸이 홍철부
펴낸곳 문지사

등록일 1978년 8월 11일 (제3-50호)

주   소 서울특별시 은평구 갈현로 312

영업부 02)386-8451
편집부 02)386-8452
팩 스 02)386-8453

값 6,000원